Liebeserklärung an eine Insel

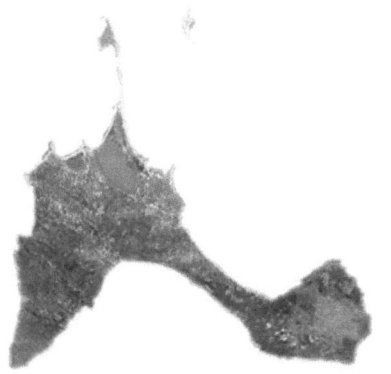

Peter Jentsch

Liebeserklärung an eine Insel

Formentera

Eine Hommage
an "das kleine Paradies im Mittelmeer"

Bibliografische Information der Deutschen Nationalbibliothek:
Die Deutsche Nationalbibliothek verzeichnet diese Publikation in der Deutschen Nationalbibliografie; detaillierte bibliografische Daten sind im Internet über http://dnb.dnb.de abrufbar.

© 2015 Peter Jentsch

Titelbild und Covergestaltung: Peter Jentsch
Illustration: Peter Jentsch

Herstellung und Verlag:
BoD - Books on Demand, Norderstedt

ISBN 978-3-7386-3125-8

Das Werk, einschließlich seiner Teile, ist urheberrechtlich geschützt. Jede Verwertung ist ohne Zustimmung des Verlages und des Autors unzulässig. Dies gilt insbesondere für die elektronische oder sonstige Vervielfältigung, Übersetzung, Verbreitung und öffentliche Zugänglichmachung.

Inhalt

Vorwort	7
Träume	8
Gedankenreise	9
Das erste Mal	10
Liebeserklärung an eine Insel	24
Schwermut	26
Erwachen	27
Schadenfreude	28
Mai	30
Die schützende Hand	31
Sa Pedrera	32
Der Dank für meine Höflichkeit	33
Siesta	36
Paradieswasserfarben	38
Llevant	39
Gewichte	40
Demut	43
Cami Roma (ein Weg zum Himmel)	44
Helfers Lohn	45
Zärtlichkeiten	49
Sommer	50
Schauer	52
Geliebte	54
Wie schön Du bist	55
Septembergewitter	56
Oktoberstürme	58
Estany Pudent	65
Strandabend	66
Abend	68

Liebe	69
Spanisch Chinesisch	70
Nacht über der Mola	74
Wehmut	75
Über den Autor	80
Weitere Bücher von Peter Jentsch ...	81
Das ultimative Gutelaunebuch	82
PurpurHerz	83

Vorwort

Obwohl ich "das kleine Paradies" wohl schon mehr als 40mal besucht habe, ist jede Reise nach Formentera für mich immer wieder etwas ganz Besonderes. Die Insel hält mich fest im Banne, seit ich das erste Mal meinen Fuß auf sie setzte.

Hat man einen frühen Flug von Köln erwischt, kommt man im Frühjahr und im Herbst oft mit dem Sonnenaufgang im Puerto de Ibiza an. War der Flug noch pure Vorfreude, so ist das Ankunftsritual im Hafen das erste Highlight meiner Wiederkehr: Der Cortado und der Hierbas am Anleger nach Formentera sind ein Muss! Seit damals …

Das sanfte Seelenschwingen steigert sich während der Überfahrt zu absolutem Wohlgefühl. Bis zu jenem Moment, in dem man die Insel betritt: Unmittelbar fühle ich mich in wohlige Wärme gehüllt, die sofort auch das Herz ergreift und meine Augen mit Freudentränen füllt … ich bin angekommen!

Alles, was ich unterwegs wahrnehme, jedes Gemäuer, jeder Lichtreflex, jedes Lebewesen, jede Pflanze und jeder Lufthauch scheinen mir zuzuflüstern: Du bist zuhause!

Die wundervollen Eindrücke und Empfindungen, die mir dieses Eiland immer wieder schenkt, habe ich versucht, in Gemälden und Gedichten auszudrücken. Einen Teil davon, sowie einige lustige und oft lehrreiche Erlebnisse, die mir Formentera beschert hat, möchte ich in diesem kleinen Büchlein wiedergeben… nicht nur für jene, die diesem kleinen Paradies ebenso verfallen sind, wie ich es bin …

Träume

Sehnsucht,
zarter süßer Schmerz.
So ich die Augen schließe,
spüre ich Wärme,
vernehme sanftes Rauschen
von friedlichen Wassern
und schmeichelndem Wind
im Geäst unvergleichlichen Grüns.
Stolz bieten wenige Blüten
Anmut und Farbenpracht
auf dunkelgrünem Kissen
im golden feinen Dünensand.
Sinnlich zartes Anbranden
mild erfrischender See.
Das Glitzern
auf dem transparenten Türkis blendet
und erzeugt angenehme Trägheit.
Winzige salzige Tröpfchen
auf gebräunter Haut.
Unendliches Wohlgefühl
und der Wunsch nach Berührung …
Draußen ist es kalt, grau und nass,
die Welt scheint traurig,
ich will es nicht sein!
Ich werde die Augen wieder schließen
und weiterträumen …

Gedankenreise

Oft weilen meine Gedanken
an jenem magischen Ort,
wo mit Adam und Eva alles begann,
dort, wo noch heute Götter wohnen,

an jenem Ort,
der sich vor vielen Jahren
einen Teil meines Herzens nahm
und ihn nie zurückgab.

an jenem Ort,
dessen Schönheit und Anmut
ich in Gemälden und Gedichten
wiederzugeben versuchte

an jenem Ort,
den ich schon so viele Male besuchte
und der mir Tränen abverlangt,
bei jeder Wiederkehr,
bei jedem Abschied

Formentera

Das erste Mal

Ein befreundetes Pärchen hatte auf Formentera Urlaub gemacht und uns euphorisch davon berichtet. Wir waren sehr jung Eltern geworden und hatten daher aus finanziellen Gründen unsere Urlaube bisher zu Hause verbracht. Unsere Möglichkeiten hatten sich nun aber geändert und so beschlossen wir, den Vorschlag unserer Freunde anzunehmen und im nächsten Jahr mit ihnen auf diese mystische Wunderinsel zu reisen. Unser erster Flug in die Sonne …

Ein Freund brachte uns in aller Herrgottsfrühe (es war noch dunkel) eines Julimorgens in einem kalten deutschen Sommer zum Flughafen Düsseldorf; von Köln aus gab es damals noch keine Flüge nach Ibiza. Wir hatten uns mit 2 neu gekauften Sonnenschirmen für den Strand und nur einem einzigen Koffer an die Warteschlange vor dem Check-In angestellt. Man hatte uns ja versichert, dass man für 3 Wochen mit einer langen, 2 kurzen Jeans und ein paar T-Shirts pro Person locker hinkäme, weil man ja den ganzen Tag über am Strand und dort eh nackt sei. Alsbald erschien ein Mann mittleren Alters in einem blauen Overall mit unleserlichem Logo darauf und sammelte alle Sonnenschirme ein, die man ja separat als Sperrgut abgeben musste.

Bald bestiegen wir, die Aufregung vor unserem allerersten Flug durch ausgelassene Albernheit kompensierend, eine Lockheed TriStar der LTU. Die vielen hauptsächlich jungen Passagiere waren weitgehend lustig und „gut drauf". Es gab jedoch auch ein paar versnobt und arrogant schweigende Landeshauptstädter die in Sakko oder gar Anzug reisten.

Nach einem im Vergleich zu heute recht umfangreichen Frühstück war der Flieger dann auf Ibiza gelandet und als die Türen auf gingen, fühlte sich das an, als ob man eine vorgeheizte Backröhre öffnete ...

Die Hitze brachte Leben in die unterkühlten deutschen Leiber! Wir standen schwitzend am Kofferband und staunten über die wundersame Metamorphose mancher unterkühlter Sakkoträger, die sich wohl in der Flughafentoilette in Hippies verwandelt hatten ...

Nach einer gefühlten Ewigkeit in der saunaartigen Atmosphäre der Ankunftshalle kam dann auch unser Koffer ... was nicht kam, waren die Sonnenschirme. Nachdem man den Wartenden versichert hatte, dass nun auch das letzte Gepäckstück über das Kofferband transportiert worden sei, lief auf der Leinwand hinter meiner Stirn ein kleiner Film an, der zeigte, wie ein Mann mittleren Alters in einem blauen Overall mit unleserlichem Logo auf einem Wochen- oder Trödelmarkt Sonnenschirme vertickte ...

Ein Bus hatte uns zum Hafen gebracht und wir beobachteten fasziniert, wie man über zwei Holzplanken Autos in den Bug eines alten Kahns mit dem Namen "Joven Dolores" verlud. Zwei Autos passten drauf ... noch ein Motorrad und zwei Motorroller, dann die Koffer der Touris, die von Ibiza weiter nach Formentera reisten. Als wir alle an Bord waren und das Schiff abgelegt hatte, schwankte unser Freund unter Deck und kam nach einiger Zeit mit einigen kleinen Gläsern wieder, die eine bernsteinfarbene Flüssigkeit enthielten und die war auf den ersten Schluck saulecker: Hierbas! Nachdem wir diese Willkommenszeremonie zweimal wiederholt hatten, bemerkte ich, dass das Schiff trotz des herrlichen Wetters doch ziemlich heftig durch einige Wellen stampfte.

Irgendwer sagte, dass es an dieser bestimmten Stelle zwischen Ibiza und Formentera Kreuzseen gäbe, die meist für etwas höheren Wellengang sorgten. Im gleichen Augenblick nahm ich das blassgrüne Gesicht unseres Sohnes wahr, der sich Comics lesend auf den Planken der Barca niedergelassen hatte. Nun ließ er seinen Lesestoff fallen und stürzte zur Bordwand, um in einem kräftigen Strahl, das LTU-Frühstück aus dem Flieger über Bord zu brüllen ... allerdings gegen den Wind! Der Leinenanzug des Mittvierzigers neben ihm, fing das auf, was der Wind zurückbrachte und verlor so schnell seine Eleganz. Seinem Träger war das allerdings ziemlich wurscht, denn der war ebenfalls ziemlich seekrank.

Das Boot wurde nun von fliegenden Fischen begleitet und bald gesellten sich auch drei Delphine hinzu. Dieser Umstand zog natürlich alle Aufmerksamkeit unseres Sohnes auf sich und bald war der Wellengang auch wieder vorbei, so dass es ihm schnell wieder besser ging. In La Savina angekommen, versuchten wir möglichst schnell von Bord zu kommen, denn, da nun der Fahrtwind fehlte, roch es dort fürchterlich!

Als meine Füße die Planken verließen und den Inselboden berührten geschah etwas Eigenartiges, etwas Mystisches …

Das mag sich jetzt etwas kitschig lesen, aber ich hatte tatsächlich ein Gefühl, als ginge in mir eine Sonne auf! Die wundervolle Wärme, die sich scheinbar vom Inselboden auf mich übertrug, erreichte meinen Solarplexus und schien darin hell zu strahlen. Die Hitze außerhalb meines Körpers nahm ich nicht mehr wahr, ich empfand Glück und Liebe. Und noch heute geht es mir so, wenn ich die Insel betrete. Auch wenn ich dort nachts oft Albträume habe, dieses Glücksgefühl ist allgegenwärtig!

Im Bus, der uns zum Hotel bringen sollte, erklärte unsere Reiseleiterin dann, dass die Insel ihre Besucher sehr polarisiere … man liebe Formentera, oder man hasse sie! Ich wusste von da an, dass ich diesem Eiland verfallen war. Mein Schlüsselerlebnis!

Der Bus hatte uns nach Es Pujols ins Hostal gebracht und dort erhielten wir beim Einchecken neben dem Zimmerschlüssel einen mechanischen Wecker (weil wir für einen frühen Rückflug nachts raus mussten) und eine Kerze sowie Streichhölzer mit dem Hinweis, dass der Strom oft ausfiele …

Es war nun früher Nachmittag und nachdem wir unsere Zimmer bezogen und den Koffer ausgeräumt hatten, eilten wir an den „Ortsstrand" und bestaunten das wundervolle, fast unwirkliche Blau am Horizont, den hellen feinen Sand und das glasklare leicht türkisfarbene Wasser des Meeres … und jeder Mensch, der uns begegnete, grüßte fröhlich! Selbst die kleinen Eidechsen, bräunlich, grün oder türkis, schienen uns willkommen zu heißen! Ich war unendlich glücklich – ich war angekommen, ich war zu Hause!

Unser Sohn erinnerte uns daran, dass er wieder etwas essen sollte, weil sein Magen ja leer sei und wir fanden ein idyllisches Restaurant direkt am Strand. Die Vielfalt der netten kleinen Gerichte, die es anbot machte die Auswahl so schwer, dass wir mit unseren Freunden zusammen fast alle davon bestellten und alle von jedem aßen … und von da an war ich Tapa-Fan!

Wir trieben uns den Nachmittag über am Strand herum und als gegen Abend die Geschäfte wieder öffneten, mieteten wir Fahrräder - alte verrostete Hollandräder ohne Gangschaltung aber mit Obstkisten auf dem Gepäckträgern. Etwas Besseres gab es damals nicht!

Wir hatten vor, den kleinen Ort zu erkunden und uns zu diesem Zwecke ein wenig frisch zu machen. Da meine Frau und unser Sohn immer etwas länger im Bad brauchten, ging ich als erster unter die Dusche. Das Wasser war salzig, weil es aus einer Zisterne kam, aber das hatte ich ja vorher schon gelesen. Ich begann meinen nassen Körper einzuseifen (damals war Duschbad noch unbekannt und man wusch sich mit Seife) und bemerkte alsbald, dass sich auf meiner Haut kein Schaum bildete, sondern eine wie Kunststoff anmutende Schicht, die unangenehm hart wurde. Und mitten in meinen vergeblichen Bemühungen, dieses Zeug wieder abzuspülen, versiegte das Wasser …

So stand ich nackt, partiell mit einem Plastikpanzer bedeckt, in einer Dusche ohne Wasser und rief panisch nach meiner Frau. Als sie das Bad betrat, wandelte sich ihr weiches Lächeln in steinernen Schrecken. Beim Einseifen hatte ich nämlich mit dem Gesicht begonnen, und was sie zu sehen bekam, ließ wohl die Maske des Hauptdarstellers im "Phantom der Oper" wie ein zuckersüßes Kindergesicht erscheinen, im Vergleich zu jener Fratze die sie aus dem Dunkel der Duschnische anstarrte …

Nachdem sie aufgehört hatte zu hyperventilieren eilte sie zur Rezeption um dort um Rat zu fragen. Man gab ihr mit auf den Weg, dass gerade eben der Strom ausgefallen sei, das Wasser aber in ein paar Minuten wieder fließen würde, wenn man genug aus der Zisterne in den Behälter auf dem Dach gepumpt hätte ... mit der Handpumpe. Im Nachhinein hat mich diese umweltfreundliche Technik dann doch begeistert: Man pumpt Wasser in einen großen fassähnlichen Behälter auf dem Dach, wo es dann von der Sonne erhitzt wird.

Was die Seife betraf: Natürliche Seife und Salzwasser, das ginge nicht zusammen, sagte man ihr. Man müsse synthetische Seife (Salzwasserseife) benutzen, wie es die Segler tun. Die bekäme man aus der Apotheke ... oder mit Shampoo duschen, das ginge auch!

Ich habe mir (als wieder Wasser lief) den mittlerweile bretthartnen Seifenharnisch dann mühsam mit Shampoo und Nagelbürste abgeschrubbt und abends aus der Apotheke im Nachbarort Salzwasserseife besorgt. Das unangenehme Hautjucken der ursprünglich eingeseiften Hautpartien ließ nach etwa 2 Tagen nach ...

Wir genossen nun einen fantastischen Urlaub, erkundeten die Insel mit den Fahrrädern (was oft, mangels befestigter Wege, recht abenteuerlich war), hatten wundervolle Strandtage und lernten interessante und liebe Menschen kennen.

Eines Abends, wir hatten den Tag an den Illetes verbracht, beschlossen wir, noch länger am Strand zu bleiben und ein Abendessen mit Sonnenuntergang an einem der kleinen Chiringuitos (auch Quioscos genannt) zu genießen.

Es gab Paella und außer uns saßen noch sechs Leute von einer Segeljacht und zwei von einer Motorjacht dort im Sand.

Nach einigen Gläschen verdammt süffigen Tintos und ob der überromantischen Stimmung ergab sich bald netter Kontakt unter uns dreizehn „Robinsons" und wir erkannten auch einen recht prominenten Musiker unter der Segeljachtbesatzung, die nun nach dem Essen dazu übergegangen war, einen besonders aromatischen Kaffee zu trinken, den sie mit winzigen Tässchen aus einer flachen, auf einem Feuer stehenden Tonschüssel schöpften. Sie luden uns ein davon zu probieren und erklärten uns die Zutaten (Kaffee, viel Gewürze, Orange, Zitrone und vor allem Brandy!). Das Zeug war so lecker, dass wir dann auch diese Tonschüsseln bestellten … mehrmals, ohne zu wissen, was dieses Getränk anrichten kann …

Wir hatten unendlich viel Spaß und irgendwann in den frühen Morgenstunden setzten die acht „Schiffer" zu ihren Booten über und wir machten uns auf den beschwerlichen Heimweg; mit Fahrrädern durch die damals noch unbefestigten Caminos und Sandpisten. Unseren Sohn hatten wir (als einzig Nüchternen) dazu eingeteilt als letzter zu fahren und darauf zu achten, dass keiner verloren ging.

Wir hatten gerade die alte Salzmühle erreicht, als uns aus der Kurve ein Müllwagen entgegen kam. Der

Fahrer hatte uns scheinbar nicht gesehen und so blieb uns nur, uns in den Sand am Wegesrand fallen zu lassen. Als wir uns wieder aufgerappelt hatten bemerkte unser Freund verschämt, dass dieses Ereignis seine Eingeweide erschreckt habe und verschwand mit der Klopapierrolle, die er ob seines empfindlichen Verdauungstraktes immer in der Obstkiste auf dem Gepäckträger hatte, im nächsten Gebüsch. Nach einiger Zeit war er wieder da ... mit der Klopapierrolle in der einen, seiner Badehose zwischen zwei Fingern der anderen Hand und murmelte „zu spät".

Als er sich und seine Badehose am Strand unterhalb der Salzmühle gereinigt hatte, setzten wie unseren Heimweg fort. Unser Freund fuhr jetzt neben mir und wir mussten mit aller Kraft treten, da der Sand immer tiefer wurde, erreichten aber kaum Schritttempo.

Nach etwa 100 Metern Fahrstrecke, verschwand sein Gesicht plötzlich aus meinem Blickfeld und ich sah stattdessen seine im Mondlicht leuchtenden Fußsohlen über den Lenker seines Fahrrades verschwinden. Verdattert nahm ich zur Kenntnis, dass sein Fahrrad neben meinem immer noch aufrecht im Sand stand, obwohl keiner mehr drauf saß, oder es festhielt. Dann erst realisierte ich das kleine Mäuerchen vor seinem Vorderrad. Hinter diesem Mäuerchen erschien nun das Gesicht unseres Freundes,

Fassungslosigkeit ausdrückend und um Erklärung ringend. Als er verstanden hatte, dass er gegen das Mäuerchen gefahren und glücklicherweise in den weichen Sand neben den Salinenkanal gefallen war, überkam ihn nun dankbare gute Laune.

Mit Sonnenaufgang hatten wir dann unser Hostal erreicht, konnten zwischenfallfrei duschen und fielen in tiefen Schlaf.

Noch tagelang hatten wir über unser Abenteuer gesprochen. So auch an jenem Abend, als die Dunkelheit jäh von heftigem Wetterleuchten durchbrochen wurde. Schnell erkannten wir das gigantische Gewitter weit draußen über dem Meer. Jeder Blitz beleuchtete gespenstisch und still die riesigen Wolkentürme, die nach Aussagen des Fischers, auf dessen kleiner Terrasse wir gerade speisten, über Mallorca standen. Als wir später ins Bett gingen, begleitete uns dann ein wenig entferntes Donnern in den Schlaf.

Der Traum, ich säße an einem gurgelnden Gebirgsbach, der von einem kleinen Wasserfall gespeist wurde, initiierte in meinem Unterbewusstsein den Drang, die Toilette aufzusuchen. Als sich dieses Bedürfnis auch physisch manifestierte, nahm ich erwachend wahr, dass es draußen regnete. Ich beschloss, auf die Toilette zu gehen ohne Licht einzuschalten, weil das Restlicht im Zimmer ausreiche und ich Frau und Sohn nicht wecken wollte. Im nächsten

Moment stand ich bis zu den Knöcheln in eiskaltem Wasser! Der Gebirgsbach!?

Als die frisch entzündete Kerze das Zimmer erleuchtete erkannte ich, dass Wasser von der Decke an Wänden entlang und gar aus den Lampenanschlüssen herauslief und unterdrückte die Vorstellung von dem zappelnden Leib, der ich sein könnte, wenn ich das Licht eingeschaltet hätte. Ich öffnete die Zimmertüre und betrachtete fasziniert den Sturzbach, der auf dem Flur vorbeirauschte. Die Türe zum Zimmer gegenüber stand auf und das junge Pärchen, das es bewohnte, saß im Bett und hatte einen Sonnenschirm aufgespannt. Auf diesen lief ein Rinnsal aus dem Kabelschacht der (eingeschalteten!) Deckenbeleuchtung. Ich kam nicht mehr dazu die beiden zu warnen, denn im gleichen Augenblick tat das Besitzerin des Hostals (eine junge Deutsche, die einen Formenterenser geheiratet hatte). Sie erklärte, dass das Flach so konstruiert sei, dass alles Regenwasser in eine Ecke geleitet würde, von wo es in die Zisterne ablaufen könne. Wenn der Regen einmal zu stark sei, liefe das Wasser eben auch durch die Decken nach unten). Man könne nun aber nichts weiter tun, als das Licht nicht einzuschalten, im Bett zu bleiben und bis zum Morgen weiter zu schlafen … was wir dann auch taten!

Am nächsten Morgen waren nur noch vereinzelt kleine Pfützen im Zimmer zu sehen, die von den

Limpiadoras alsbald aufgewischt wurden. Draußen knallte die Sonne und gegen Mittag war der Bau wieder staubtrocken!

Zwei Tage vor Abreise verkündete ein Aushang an der Rezeption, dass wir am Abreisetag um vier Uhr morgens am Hotel abgeholt würden. Bei mir stellte sich augenblicklich leichte Schwermut ein. Ich hatte den wundervollsten Platz auf diesem Planeten gefunden, er und seine Bewohner hatten mich mit Freude und in Gastfreundschaft aufgenommen, ich hatte liebe Menschen kennengelernt und nun sollte ich diesen Ort wieder verlassen?

Der letzte Tag auf diesem magischen Eiland war dann auch purer Seelenschmerz und ich hatte kaum geschlafen als um drei Uhr der Wecker neben meinem Ohr mit solcher Wucht randalierte, dass ich heftig erschrak! Wir duschten, packten den Rest zusammen und stiegen die Treppen zur Rezeption hinab, um auf den Bus zu warten, der uns abholen sollte. Wie erstaunt waren wir, die kleine Hotelbar im Erdgeschoss erleuchtet vorzufinden! Normalerweise war sie um diese Zeit geschlossen. Wirklich überrascht waren wir dann, als uns das Pärchen, dass die Bar betrieb, Cortados und Hierbas brachte und uns klar machte, dass dies eine Art Abschiedsgeschenk an uns war. Meine Schwermut nahm zu, insbesondere in dem Augenblick, als man uns zum Bus begleitete, der mittlerweile eingetroffen war und uns zum Abschied drückte und herzte. Wir sprachen während der gesamten Busfahrt, die ja einige Zeit dauerte, weil man auch andere Touris von Hotels abholte, kein einziges Wort. Auch nicht als wir an Bord der "Illa de Formentera" gingen.

Als das Boot ablegte begann die Kaimauer zu leben. Hinter ihr tauchten urplötzlich einige Menschen auf, die wir als liebe Bekanntschaften aus den vergangenen Tagen identifizierten. Sie stellten sich winkend auf der Mauer zu einer Kette auf, riefen Abschiedsgrüße und unsere Namen und entfalten Girlanden mit Herzen aus Zeitungspapier ...

Ich habe geheult, wie ein Baby ... bis fast in den Hafen von Ibiza ...

Liebeserklärung an eine Insel

Sanfte Helligkeit,
vertraute Farben, Geräusche,
Düfte, würzig.
Rückkehr
Wohliges Erwarten:
Freunde? Veränderungen?
Wieder jeden Ort genießen,
mit allen Sinnen erfahren.
Die Insel fühlen,
in sie fließen.
Zeitlosigkeit
Wärme um mich
und in meinem Herzen.
Die Seele, pastellfarben,
schwingt sanft,
taumelt glückerfüllt.
Freude,
Zufriedenheit,
Leben,
Formentera

Flirrende Stille, wabernder Götteratem,
gleißend helle Wärme auf der Haut,
grobe Schönheit intensiver Existenz.

Wohlige Milde,
träges Sein im Pinienschatten
nahe kühler Mauern.
Behagliche Schwere, Zikaden

Smaragdgrün, türkis
in aquamarin und saphirblau.
Sanft rauschendes Meer
an feingelbem Sand
Du bist da, liebe mich!

Bald weiße Gischt
von wilder flaschengrüner See
an terrakottabraunen Felsen.
Die Götter der Meere spüren,
sich in den Wind fallen lassen,
leben

Rosenfarbiger Himmel
über Purpur und Violett zu Schwarz.
Sehnsucht und Abschiedsschmerz.
Auf Wiedersehen,
Born der Schwermut und der Freude…

Formentera

Schwermut

Ich habe Albträume, wenn ich „auf der Insel" der Insel weile, jede Nacht. Es sind jene bösen Träume, die Angst vor dem Erwachen hinterlassen und an deren Inhalt man sich nach dem Erwachen nicht mehr erinnert. Ich weiß nicht, warum mich diese Träume gerade auf jenem Fleckchen Erde heimsuchen, auf dem ich mich am wohlsten fühle. Wenn jedoch das Bewusstsein zurückkehrt und ich wahrnehme, dass ich auf Formentera erwache, wandelt sich diese Angst in Freude … unmittelbar! In einem Moment, kürzer als ein Lidschlag verdrängt Euphorie den Alb …. und ich genieße meine Rückkehr aus der Traumwelt, denn sie ist eine Art Wiedergeburt.

"Heute ist der erste Tag vom Rest deines Lebens." sagt ein bekanntes Sprichwort und dies hat für mich auf „der Insel" eine ganz besondere Bedeutung. Für mich ist es eine Gnade, in diesem kleinen Paradies erwachen zu dürfen …

Erwachen

Seidig weiches Licht
sucht zart
zu öffnen meine Lider.
Sanftes Rauschen
von Büschen, Bäumen und Meer
füllt allmählich die Schlafesleere dahinter.
Milder Blütenduft belebt die Sinne.

Sei gegrüßt, neuer Tag,
ich will dich beginnen,
mit freudigem Erwarten.
Hab Dank, Gott,
für das Leben, das ich führen darf,
für die Liebe, die ich empfinden darf
und für die Liebe, die ich erfahren darf.

Seid willkommen,
all ihr schönen Gedanken und Gefühle.
Sei willkommen, Leben,
in meinem Glück.
Du liegst an meiner Seite,
sanft erwachend.
Dein Lächeln erwärmt mein Herz.

Stilles Einverständnis,
erwartungsvolle Freude
auf Farben, Geräusche und Düfte,
Wohlgefühl,
Isla Bonita, Formentera

Schadenfreude

Als ich frühmorgens auf den Hotelbalkon trat, herrschte eine mystische Stille. Alles wirkte irgendwie rosig, hautfarben ... nur das Meer war dunkelblau. Am Strand rechte ein einsamer, nur in Shorts gekleideter Mann Abfälle um einen Müllkorb herum zusammen, um sie dann in diesen hineinzuwerfen. Als er damit fertig war, ließ er den Rechen hinter sich fallen und zerrte mit sichtbarer Mühe an dem Abfallsack, um ihn aus dem hölzernen Korb zu heben. Der Plastiksack schien recht schwer zu sein, denn als der Korb ihn schließlich freigab, zwang der Schwung den Mann zu einer halben Körperdrehung. Um nicht das Gleichgewicht zu verlieren, stellte er den Sack, unmittelbar hinter sich ab. Dort lag jedoch der Rechen und als der Stiel auf ihn zu schwang versuchte sich der Mann zu ducken. Dabei stieß er sich den Kopf am Müllkorb und in der Rückwärtsbewegung schlug ihm der Rechenstiel klatschend gegen die Schulter.

So saß er nun fluchend zwischen Müllkorb und Abfallsack und blinzelte in die mittlerweile aufgegangene Sonne, die sich im Meer spiegelte und gleißende Helligkeit erzeugte.

Ein Fischer, der auf dem Weg zu seinem Boot war, sagte im Vorbeigehen (grob übersetzt) so etwas wie: „Du solltest abends nicht so viel trinken, dann wirst Du morgens auch nicht so schnell wieder müde!" Daraufhin sprang der Mann scheinbar verärgert auf, hatte aber im tiefen Sand wohl nicht wirklich einen festen Stand. Sein rechter Fuß machte einen weiten Ausfallschritt nach rechts hinten und … richtig - trat auf den Rechen. Wie ich es bisher nur aus Filmen kannte, traf ihn der Stiel mitten ins „Geläut" … nicht heftig, aber es reichte, um ihm, als er auf die Knie sank, diesen ungläubigen Ausdruck ins Gesicht zu zaubern … mit geweiteten Augen und aushauchendem Mund…

Der Fischer hatte dieses Missgeschick nicht mehr mitbekommen. Ich konnte jedoch nun nichts mehr sehen, da meine Augen trotz des unterdrückten Lachens tränten, drehte mich um und lief geradewegs gegen die noch geschlossene Hälfte der Balkontüre…

Kleine Sünden soll der liebe Gott ja bekanntermaßen sofort bestrafen und Schadenfreude soll wohl auch eine kleine Sünde sein…

Mai

So sich die Traumwesen
zurückgezogen in die Ewigkeit,
verdrängt
unwirklich scharf konturierte Farbigkeit
die nächtlichen Schatten.
Die schwarzblaue Kühle
weicht wärmendem Licht.
Jedes Grün auf allem Ocker
und Terrakotta,
grellbunte Erneuerung,
gleißend heller Tag,
scheinbar unerschöpfliche Energie.
Das Eiland erwacht,
scheint sich zu räkeln und zu strecken.
Gleichklang, Treiben in der Zeit,
permanent existente Meditation.
Unweigerliches Erstarken,
Wachsen, Gedeihen,
betagtes und junges saugt Lebenskraft.
Allenthalben scheinbar vollkommene Reinheit,
selbstverständliche, glückliche Zufriedenheit.

My Island In The Sun

...

Die schützende Hand

Es war noch früh am Morgen. Ich hatte das alte Fahrrad nahe dem Can Marroig zurückgelassen, um das erste Mal auf den Spuren einiger Pink Floyd - Mitglieder zur Punta de Sa Pedrera zu gehen.

Nach kurzer Zeit hatte ich das steinige Plateau vor dem Racó des Moro erreicht und einen wundervollen Blick über die strahlend blaue See hinüber zur Es Vedra, dem mythischen Felsen vor Ibiza. Ein weißes Nebelkissen lag auf ihren Gipfeln und betonte eindrucksvoll ihre geheimnisvolle Mystik.

Ich Schritt unsicheren Fußes durch eine unwirklich wundervolle aber raue Welt aus braunen Steinen aller Größen und nach und nach verschwanden die Geräusche um mich herum. Bald herrschte absolute Stille … bis auf ein leises und unendlich sanftes Meeresrauschen, das scheinbar von weit her kam.

Ich setzte mich auf einen großen braunen Stein, um den Zauber dieses Momentes zu genießen. Augenblicklich stieg wohlige Wärme in mir auf und ich empfand, als hockte ich in einer riesigen schützenden Hand. Ich habe noch nie Drogen genommen und ich hatte vorher noch nie meditiert, doch glaubte ich in diesem Moment, dass sich meine Seele mit diesem Ort verwurzeln würde. Die Insel schien mich irgendwie zu "halten" und meine Gedanken schienen Glück in die Welt zu tragen …

Sa Pedrera

So du dich niederlässt
an diesem magischen Ort aus Stein
und dich seiner Einsamkeit öffnest,
wird er deine Mitte finden
und die Insel wird zu dir sprechen.

In ihrer Stimme sind die Stimmen
all ihrer Geschöpfe vereint,
die der Gewächse
und die der Kreaturen.

Und ihre Worte
sind von jener Schönheit,
die die Seele in Purpur hüllt
und das Herz in goldene Wolken ...

Der Dank für meine Höflichkeit

Wir waren mit den Fahrrädern auf dem Rückweg vom Strand. Als wir die Dünen durchquert hatten, mündete die kleine sandige Piste in einen gut befahrbaren schmalen Weg, der nach einer unübersichtlichen Kurve, an den Salinen entlang zur Straße führte. Ich fuhr voraus, meine Frau einige Meter hinter mir.

Ich fuhr sehr vorsichtig um die unübersichtliche Kurve, um nicht unter irgendein Fahrzeug zu geraten, dass sich vielleicht gerade den sandigen Weg entlang kämpfte. Als sich den schmalen Weg wieder einsehen konnte, kam mir tatsächlich ein Auto entgegen. Die beiden jungen Frauen in diesem Auto sahen uns in diesem Augenblick ebenfalls, fuhren soweit es ging an die Seite und hielten in etwa 10 Meter Entfernung an. Der Weg war auf der aus meiner Sicht linken Seite von dichtem Gebüsch begrenzt, rechts neben mir lagen die ehemaligen Salinenbecken, nun ein Naturschutzgebiet.

Ich sah sofort, dass die Stelle, an der das Auto angehalten hatte, viel zu schmal war, um mit unseren Fahrrädern daran vorbei kommen zu können. An der Stelle, die ich gerade ansteuerte, war der Weg offensichtlich viel breiter. Also winkte ich den Mädels, dass sie weiterfahren sollten und schwang mein linkes Bein über Hinterrad und Sattel, um nach rechts vom Rad zu steigen. Gleichzeitig stieß ich mich mit dem rechten Fuß vom Pedal ab um dann mit beiden Füßen gleichzeitig auf dem Boden aufkommen zu können.

Als ich meine Landung auf dem darren Bodenbewuchs geschmeidig abfedern wollte, tat sich der Boden auf. Es war nichts Festes unter meinen Füßen. Ich nahm fassungslos zur Kenntnis, dass ich durch eine Art Gebüsch rauschte, das sich scheinbar über mir wieder schloss und stand dann in einem der schlammigen Salinenbecken.

Dem Kreischen und Quietschen nach, dass vom Weg her an meine Ohren drang, musste das ein blitzsauberer Abgang gewesen sein. Ich ging zwei Schritte rückwärts, um mich zu zeigen … und um der Situation eine wenig die Komik zu nehmen und zu demonstrieren, dass ich jederzeit Herr der Lage war. Das Gestrüpp, das ich ursprünglich für eine Ausbuchtung des Weges mit festen Bodenbewuchs gehalten hatte, war nun in Kopfhöhe und rechts davon lugten zwei brüllend lachende Mädchen auf mich herab. Auf der linken Seite konnte ich meine Frau sehen. Sie schien ein ganz klein wenig besorgt, konnte aber ihre Mimik nur schwer kontrollieren.

Als ich erstaunt zur Kenntnis nahm, dass mein Fahrrad aus irgendwelchen Gründen aufrecht stehen geblieben war, muss mein kleiner Sonnenschein wohl bereits überzeugt davon gewesen sein, dass mir nichts passiert war, denn ich hörte sie am lautesten quietschen, als eines der beiden Mädels kreischte: „Kannst Du das noch mal wiederholen, ich hab leider nicht so genau hingeschaut…"

Das Gejauchze der drei war so ansteckend, dass ich selbst vor Lachen kaum in der Lage war wieder auf den Weg hoch zu klettern …

Siesta

Die Luft schmeckt nach Meer,
nach Salz und Tang,
riecht nach Pinien,
Booten und Fischernetzen.

Meerfarbige Türen
in kühlen Mauern.
Remisen aus witterndem Holz
auf salzverkrustetem Fels.
Mensch und Boot
ruhen in trägen Schatten.

Stille

Ab und zu leises Rauschen,
das selten zu leichtem Plätschern schwillt.
Die Seele taumelt sanft,
Wohlgefühl
unterbindet klare Gedanken.
Leichte Brise, lockende Müdigkeit,
in der Dämmerung
zwischen Wach und Schlaf
liegt das Traumland.
Tragisch und böse,
Glück vermittelnd und versöhnend.

Ohne Erinnerung
kehrt die Seele zurück
in den schweren, feuchten Leib.

Die pastellfarbenen Wolken
in den geschlossenen Augen
verblassen in zunehmender Helligkeit.

Aus weiter Ferne kehren die
Geräusche des Daseins wieder;
das sanfte helle Summen weicht.
Bekannte Laute werden deutlicher
und vermitteln Geborgenheit.
Die Schatten sind haben sich gedehnt.
Warme Dominanz von Ocker,
Terrakottabraun, goldenem Gelb
und sinnlichem Zinnober.

Dein Antlitz unendlich friedlich und wunderschön.
Träge Lider öffnen sich und
in Deinen Augen ist Freude und tiefe Liebe.

Ich danke Dir, Gott, für dieses Glück!

Paradieswasserfarben

Türkis, blassgrün, aquamarin,
cyan, saphirblau,
keine bezeichnet die Farbe treffend.

Jene Farbe,
die all diese Farben ist
und doch glasklar.

Jene Farbe,
auf der die Gedanken schweben,
gaukeln.

Jene Farbe, die die Seele
in komplementäre Wolken hüllt,
purpurgelborange?

Jene Farbe,
in der alle Unbill versinkt,
sodass nur Freude bleibt,
im Herzen …

Paradieswasserfarben,
ist die See
um die Insel der Glückseligkeit,

Formentera

…

Llevant

Weicher Sand,
in hellem Ocker,
oft rötlich
am Saum zum paradieswasserfarbenen Meer,
das sanft dem flachen Gestade schmeichelt,

Jenes, gesäumt von Felsen,
steingrau, terracotta, schwarzbraun,
im Wasser bedeckt von Meeresflora,
leuchtend hell, oliv, orange, gelbgrün, braun.

Sanftes, wohliges Anbranden
macht schläfrig,
bringt gute Gedanken,
die hinwegfliegen
in das schönster aller Blaus,
beflügelt von Wohlgefühl und Lebensfreude
und wiegt die Seele in glücklichem Sein.

„Hier habe ich oft an dich gedacht",
steht in den höchsten Fels gemeißelt.

Gewichte

… als ich mich vorhin auf meine Crosstrainerstunde vorbereitete und mich dafür in T-Shirt, kurze Sporthose, Tennissocken und Turnschuhe gekleidet hatte, stutzte meine Frau im Vorübergehen: „Ich hab Gänsehaut, so hoch…", deutete dabei mit Daumen und Zeigefinger ein Maß von etwa drei Zentimetern an und sprach dann weiter „…du siehst aus, wie einer dieser alten Säcke auf Mallorca!" Das traf mich eitlen Menschen schon ein wenig, aber da sie lächelte und ich eh' nur vorhatte, diese Kleidung mit Schweiß zu tränken und zwar ohne das Haus zu verlassen, dachte ich nicht weiter darüber nach. Außerdem lenkte diese Bemerkung meine Gedanken sofort in südliche Gefilde…

Draußen strahlt ein herrlicher Morgen, im Radio läuft „Brown Eyed Girl" von Van Morrison und mich überkommt wieder diese Sehnsucht nach „meiner Insel" (Formentera).

Es gibt dort sehr viele Menschen, die ungewöhnlich kreativ sind, was oft schon an ihrer Kleidung erkennbar ist. An den Stränden sind die meisten nackt - und auch da kennt der Ideenreichtum kaum Grenzen.

Mir kommt dieser doch noch relativ jung wirkende Mittsechziger (meine Schätzung) in den Sinn, der den ganzen Tag lang am Strand auf und ab lief, wohl um seinen originell gestalteten Genitalbereich zu präsentieren. Zunächst fiel das außergewöhnliche Piercing auf: Der gesamte Hodensack glitzerte schon von weitem in der Sonne. Offenbar war er über und über mit winzigen goldenen Sternchen bedeckt, vermutlich so 'ne Art Druckknöpfe ... an den Seiten hingen massive silberne Ringe, die beim Gehen drollig klimperten. Außergewöhnlich war auch, dass er sein primäres Geschlechtsmerkmal, das in Größe und Gestalt dem eines Bierwagenpferdes sehr nahe kam, mit einem Lederriemchen zur Seite gebunden hatte, damit es nicht den Blick aufs geschmückte Gemächt verwehrte.

Eines Abends saßen wir auf der Terrasse der Hotelbar, als wir diesen Herrn bekleidet (natürlich mit einer weiten Ballonseidehose) erkannten. Auf der gegenüberliegenden Straßenseite befand sich ein Taxistand. An der Mauer dahinter war ein Telefon angebracht, über das man die Taxen, die hier in der Regel standen, von außerhalb anrufen konnte ... neben dem Telefon war die Nummer dieses Apparates angeschlagen, damit man sie sich aufschreiben konnte.
Derzeit war weit und breit kein Taxi zu sehen.
Nachdem der sportlich wirkende "ältere" Mann in der Ballonseidehose etwa 15 Minuten gewartet hatte, zog er ein Handy aus der Tasche und tippte

die neben dem Telefon angezeigte Nummer ein. Logischerweise klingelte daraufhin das Taxitelefon an der Wand. Da ihn die Lautstärke störte, ging er einige Schritte weit weg. Nachdem sich niemand meldete, wandte er sich wieder dem Anschlag an der Mauer zu und verglich ihn mit der Nummer, die sein Handy anzeigte. Danach aktivierte er die Wahlwiederholung ... und wieder klingelte das Telefon an der Wand und wieder entfernte er sich, um der Lautstärke zu entgehen.

Als sich nach längerer Zeit (logischerweise) wieder niemand meldete, legte er auf, wartete etwa 5 Minuten und wählte dann erneut ... und wieder klingelte das Telefon an der Wand...

Seine Mimik wechselte von einfältiger Ratlosigkeit über Wut zu entsetztem Erkennen, als er nach einiger Zeit auf die vielen amüsierten Menschen in seiner Umgebung aufmerksam wurde und merkte, dass er dreimal das Telefon neben sich angerufen hatte ...

Den beiden Frauen am Nachbartisch liefen (genau wie uns) die Tränen über die Wangen und, dass sie den Ballonseidebehosten auch ohne Hose (wohl vom Strand her) kannten, wurde deutlich, als die eine mit erfrischendem deutschen „Küstenakzent" sagte: „... mit so 'n Gewicht inne Hose, hassu weder Falten in' Gesicht noch Blut in' Kopp...

Demut

Das güldne Hell
über dem purpurroten Horizont
kehrt heim in deine Mitte,
dem Haus der Wärme und der Güte,
zu hüten das Kind
des Herzens und der Seele
mit Namen Glück.
Ich will dankbar sein und demütig,
sein Berühren spüren
und hier verweilen zu dürfen,
an diesem magischen Ort

Cami Roma (ein Weg zum Himmel)

Auf Stein,
der vor vielen Menschenleben behauen
und zu einem Weg gefügt,
spürst Du die Zeit.
Nicht Last und Müh
beschleunigen Herzes Schlag,
fast unwirklich' Schönheit ist's
und Du erwartest das güldne Tor
und Räume aus Freude,
am Ende des Wegs.

Helfers Lohn

Da ich in die nasskalte Tristesse vor meinem Fenster sinniere, wächst die Sehnsucht nach „meiner Insel" ... nach warmer Sonne auf nackter Haut, feinem goldgelben Sand, terrakottafarben Felsen, türkisfarbenem Wasser, dem Geruch nach Meer, Pinien, Thymian und Fenchel und dem Lachen fröhlicher Menschen ... und meine Erinnerung zwingt mir eine eigentlich recht unangenehme Geschichte auf, die vor vielen, vielen Jahren passierte.

Ein französischer Tourist hatte sich hinter den Dünen mit einem winzigen französischen Auto im weichen Sand festgefahren. Ich hatte vom nahe gelegenen Quiosco eine Schaufel besorgt und geholfen, die Antriebsräder des Autos auszubuddeln. Aus einem Strandguthaufen hatte ich dann zwei Bretter geborgen und sie hinter die antreibenden Vorderräder gelegt. Ich deutete dem Unglücklichen an, dass er nun in sein Auto steigen, den Rückwärtsgang einlegen und dann vorsichtig die Kupplung kommen lassen sollte. Als die Räder wieder durchzudrehen drohten, packte ich die vordere Stoßstange und versuchte, nach mehrmaligem Wippen, den Straßenfloh anzuheben und die Räder zumindest partiell auf die Bretter zu bringen. Das funktionierte gleich beim ersten Mal. Das kleine Auto schoss rückwärts aus dem Sand, der Touri winkte dankend, legte einen

Vorwärtsgang ein und fuhr von dannen.

Ich kam erst wieder zu mir, als ein bisher sachkundig kommentierender Spanier neben mir rief, "¡Ay, Hombre! ¿Que pasa?" (Hey, Bursche, was ist?) und fand mich in gebückter Haltung und mit einem unglaublichen Schmerz in Rücken, Po und linkem Bein ... Es fühlte sich an, als ob man mir einen Pfahl durchs Rektum in den Rücken gerammt und ihn dann angezündet hatte. Aus Erfahrung wusste ich bereits, was es bedeutet, wenn eine Bandscheibe verrutscht und auf das Rückenmark drückt ... Hexenschuss nennt man das gemeinhin. Was ich damals nicht wusste und erst viele schmerzhafte Monate später erfuhr: Diese Bandscheibe war zerbröselt! Mich zu bewegen schien unmöglich und selbst das Atmen war überaus schmerzhaft. Die lindernde Wirkung des heißen Sandes, in den ich mich fallen ließ und der eiserne Wille, meine etwa 300 Meter weiter am Strand liegende Familie erreichen zu wollen, gaben mir die Kraft, mich wie ein Primat in teils gebückter Haltung, manchmal auch kriechend, dorthin zu schleppen.

Wenn man in solchen Fällen Publikum hat und einem keiner wirklich helfen kann, beschränken sich die Menschen auf gute Ratschläge und zu den kaum erträglichen Schmerzen kommt so eine Art Spießrutenlaufen ... und irgendwann gerät man unweigerlich in Rage ...

Ich spürte, wie das Blut meine Augen unterlief und die Umwelt sich rötlich zu färben schien, während die Menschen, die mich oft einige Schritte begleiteten, immer undeutlicher wurden, ihre Sprüche aber in Fetzen überlaut in meinen Kopf hämmerten „... armer Kerl ...", „... ins Wasser legen ...", „... Meerwasser heilt ...", „... nur Bewegung hilft ...", „... ja ... poppen ... hahahaaa...", „... über Nacht mit eigenem Urin einreiben ...", „... ich habe immer ein Heizkissen mit ..."

Ich verspürte Mordlust und glaubte zu sabbern ... und als dann eine junge Frau gar meine Wange streichelte, schnappte ich nach ihrer Hand ... Als ihr entsetztes Gesicht in meinen Tränen ertrank, nahm ich all meine Kraft zusammen und wollte über den Strand brüllen, dass ich mich freuen würde, wenn jeder Einzelne hier in Flammen aufginge ... jedoch nahm mir der Schmerz bereits beim Einatmen alle Worte und das Gurgeln, das aus meinem Rachen drang, schien die Menschen zu ängstigen, sodass ich die letzten Meter zu unserem Sonnenschirm unbehelligt zurücklegen konnte ...

Als ich mich dann endlich in den wohltuend heißen Sand hatte sinken lassen und begann, mich auf die Entspannung meiner Rückenmuskulatur zu konzentrieren, hockte sich bestimmend ein älterer Herr neben mich ... und ich vernahm seine wichtig klingende Stimme: „Wenn ich ihnen einen guten Rat geben darf, mein junger Freund ..." Ich dachte, es sei mein Anblick, der diesen entsetzten Ausdruck in seine immer größer werdenden Augen zauberte ... meine Frau schwört jedoch bis heute, dass ich die nackten Hoden dieses armen Menschen in die Hand genommen und zugedrückt habe ...

Also: Hilfsbereitschaft tut einem Betroffenen nicht immer gleich gut ... solltest du heute einem vermeintlich Leidenden helfen wollen, versuche dich zuerst in die Lage seine zu versetzen ... und dann entscheide, was du tust.

Zärtlichkeiten

Wärme allenthalben, Wohlbehagen
Betäubend leises Rauschen
Die sanfte Brandung
verformt stetig das Bett aus feinem Sand
und kost den nackten Leib,
der sich hineingeschmiegt.
Jede Welle, unendlich sanft, schubst sachte,
grüßend,
umspült dich, liebevoll streichelnd
und geht, sanft saugend, wie ein innig zarter Kuss,
wohligen Schauer hinterlassend.

Ich bin verrückt, nach Deinen Zärtlichkeiten,
geliebtes Eiland …

Sommer

Unüberhörbare Präsenz,
hyperaktive Vitalität,
auch wohl gewandete Anmut.

Metallische Melodien …
„Pronto?" - „Digame!"
„Hello!" - „Hallo""

Zikadenzirpen erstirbt
im Dröhnen tausender Motoren.

Das Eiland
scheint sich zu winden
wie die Raupe unter Ameisen,
verliert nach kurzem dissonantem Vibrieren
jegliche Resonanz
und erstarrt im Gedröhn
des gigantischen Vespaschwarms.

Gnadenlos gleißendes Licht,
waberndes Höllenfeuer,
die Insel scheint zu verdampfen.
Die heiße Luft riecht nach Öl,
Benzin und Schweiß.

Ockerfarbene Sandbuchten
zwischen darrem Gestrüpp
füllen sich mit den kalten Farben
und dem Gestank scheinbar
unvergänglichen Unrats.

Ich weine mit Dir, geliebter Ort!

Im neunten Mond
weicht die gnadenlose Hitze
schmeichelnder Milde.
Der Schrecken Schar lässt ab
vom geschundenen Land und
weicht gen Heimat.

Voll krustiger Schrammen
und schmutziger Narben
erlangt das Eiland nur mühsam
seine Eigenschwingung wieder.

Sehnsucht
nach Reinigung und Kühlung,
die Fauna und Flora
aus dem Koma erwecken.

Lass mich Deine Schrunde kosen...

Schauer

Ich war mit dem Fahrrad unterwegs, als es mich erwischte. Der Wassermenge nach, die plötzlich auf mich hernieder stürzte, hatte irgendwer über mir den Boden eines riesigen Bassins weggezogen. Im September können solche Regen dort, trotz der noch sehr warmen Lufttemperaturen, schon manchmal richtig kalt sein. So war es auch an diesem Tag. Ich glaube, Schnappatmung nennt man diese Art der Sauerstoffgewinnung, die mir mein Körper aufzwang … und so veranlasste mich plötzliches Schutzbedürfnis, die Straße zu verlassen um mich in die Obhut eines mickrigen Feigenbäumchens zu begeben, das in einiger Entfernung einsam auf dem Feld stand. Eigentlich ein nutzloses Unterfangen, denn erstens war ich schon nass bis auf die Haut und zweitens bot das kleine, aufgrund langer Trockenheit kaum belaubte Bäumchen so gut wie keinen Schutz vor den kalten Fluten, mit denen man versuchte, mich zu ertränken.

Ich muss einige Minuten lang zähneklappernd und eng an den Stamm geschmiegt gestanden haben, als mir plötzlich wärmer wurde und meine Haut teils schmerzhaft „prickelte". Als mir klar wurde, dass unter meiner Kleidung irgendwie „Party war", riss ich mir das T-Shirt vom Leib und als ich hunderte winziger Ameisen erkannte, auch den Rest der Kleidung.

So reckte ich mich splitternackt in den gerade nachlassenden eiskalten Regen um mir die aggressive Brut vom Leib zu waschen. Die auf der etwa 50 Meter entfernten Straße vorbeifahrenden Menschen berührte dieses, wie Rumpelstilzchen auf dem Feld herumzappelnde Männchen scheinbar überhaupt nicht … auf Formentera ist man an allerlei Verrücktheit gewöhnt.

Als der Regen nun endgültig aufgehört hatte, hatte ich zwar meinen Körper weitgehend von den Tierchen befreien können, meine Kleidung aber, die ja noch unter dem Bäumchen lag, würde ich wohl nicht ausreichend säubern können. So beschloss ich über die kleineren Caminitos durch Felder und Dünen zurück zum Hotel zu gelangen und dabei so lange wie möglich nackt zu bleiben.

Die wenigen Menschen, denen ich begegnete, grüßten recht freundlich. Sie hielten mich wohl für einen Hardcore-Nudisten … an den Stränden der Insel laufen eh' fast alle nackt herum. Das eigentliche Problem war der letzte Kilometer … durch den Ort!

Ich hatte beschlossen, mir im Dorf zumindest einen Rest an Achtung erhalten zu wollen, gleichzeitig dabei aber mögliche Ameisenbisse auf ein Minimum zu reduzieren. Das Ergebnis meiner Überlegungen: Die Badehose war mein kleinstes Kleidungsstück, daher am besten zu reinigen und sie würde das bedecken, worüber man sich wohl am ehesten echauffieren könnte. Was ich in meiner Hektik nicht bedacht hatte: Die Badehose hatte ja im Bereich der primären Geschlechtsorgane so eine Art Futter ... da dieses Stoffstück an all seinen Kanten mit der eigentlichen Badehose vernäht war, wäre ich nicht im Traum darauf gekommen, dass sich einige der Tierchen darin versteckt haben könnten.

Dass es einige doch geschafft hatten, merkte ich als ich wieder auf dem Sattel saß und die ersten Häuser erreicht hatte. Diese kleinen Ameisen reagieren wohl sehr aggressiv auf Enge. Der Versuch, sie während des Fahrens durch geschickte Gewichtsverlagerungen zu zerquetschen, brachte mir nur zusätzliche Bisse ein ...

Ich glaube nicht, dass jemals irgendein Mensch mit diesem alten Hollandrad solche Geschwindigkeit erreicht hat...

Geliebte

in jeder Wurzel, jedem Stamm,
jedem Halm, jedem Blatt
und jeder Blüte fließt Dein Blut,
wohnt Deine Seele.
Sie macht die meine strahlen ...

Wie schön Du bist

Du Wundervolle,
wie warm,
Du Gütige,
wie erhaben,
Du Göttliche,
wie glücklich du mich machen kannst,
Du Liebenswerte,

Formentera

Septembergewitter

Da Sol den Blick
in sein strahlend blaues Gemach verwehrt,
schweigen die Zikaden.
Der schwarzblaue Vorhang schließt sich und
ein letzter Lufthauch flaut zu absoluter Stille.

Unvermittelt reißt der wabernde Behang
im brüllenden Götteratem und lässt,
für einen Schrecken lang,
gleißende Lohen flammen.

Wie um Bränden zu wehren,
ergießt sich Himmels Nass
mit Macht im brausenden Ungewitter.

Dieweil wirft Meeres Urgewalt
sich dem entgegen und
schleudert weiße Gischt gen Himmel.
Wogen schmettern grollend gegen schroffen Fels,
branden donnernd über sanfte Ufer.
Das Eiland erzittert und brüllt abermals,
da ihm ein weitres Stück entrissen.

Neptuns Gewalt ist von grünblauer Farbe
und wandelt sich über bleiernes grau zu türkis,
wenn er ermüdet.

Ich spüre, dass ich lebe.

Die Insel seufzt,
als das Grollen sich entfernt
und die Erde dampft wonnig,
da sie sich gelabt nach langer Abstinenz.
Violette Wolken
werden Purpur- und Rosenfarben
und verbrennen in flüssigem Gold.
Das leichte Kühl auf der Haut
weicht wohliger Milde.
Die dampfende, salzig schmeckende Luft
riecht nach Pinien, Thymian, Rosmarin und Anis.

Das erregende Vibrieren in meiner Mitte
weicht sanftem Schwingen
und behaglicher Wärme.
Trotz schwerer Glieder
scheine ich zu schweben.
Zärtliches Empfinden wächst.
Dankbarkeit, Glück
Es ist unsagbar schön, dass es Dich gibt.

Am Horizont verbrennen letzte Sturmwolken;
die Flammen verschwimmen in meinen Tränen.
Wolken wie reine weiße Asche
Die Ewigkeit wird dunkelblau über Formentera.
Sanft und klar der Abendstern am Firmament.

Hier wohnen die Götter …

Oktoberstürme

Ich bin ein Hotelmensch. Vielleicht durch die vielen Reisen in meinem Berufsleben verwöhnt, mag ich in meinem Urlaub nicht selbst die Unterkunft reinigen oder mir Essen bereiten. Ich möchte mich morgens an den gedeckten Frühstückstisch setzen und wenn ich abends zurückkomme, möchte ich, dass die Betten gemacht sind und das Zimmer gereinigt wurde ... auch auf Formentera ...

Nach einigen Versuchen mit Finkas und Appartements wechselten wir wieder zu Hotelunterkünften und als der Reisveranstalter, bei dem meine Frau früher arbeitete, unsere beiden Lieblingshotels in sein Programm aufnahm, wurden wir Pauschaltouristen ... zum einen, weil es für uns dann wesentlich günstiger war und zum anderen, weil man sich um absolut nichts kümmern musste, da vom Flug über den Transfer bis zur Unterkunft alles vom Veranstalter organisiert wird.

Diesen Service lernte ich bereits einige Male in Herbsturlauben schätzen. In der zweiten September- und der ersten Oktoberhälfte toben oftmals heftige Gewitterstürme über die Insel. So wurden wir einmal zwei Tage vor Abflug von Formentera „evakuiert" weil ein starker Sturm angekündigt und abzusehen war, dass wohl am vorgesehenen Abreisetag und an dem Tag davor keine Fähre fahren würde.

Man hatte uns dann für einen Tag und zwei Nächte in einem All-Inklusive-Schuppen irgendwo in der ibizenkischen Pampa untergebracht ... und auch jener sah nach dem Sturm aus, wie ein Heerlager aus einem Endzeitfilm mit Mel Gibson ... aber: Wir brauchten uns um nichts kümmern, alles wurde geregelt. Ein anders Mal sollten wir gen 18:00 Uhr aus dem Hotel abgeholt und zur Fähre gebracht werden. Wir hatten den Tag noch am Strand verbracht und uns gerade für die Heimreise frisch gemacht, als die Tageshelle plötzlich schwefelgelbe Farbe annahm. Just in dem Moment, als ich verdutzt nach draußen schaute, rauschte, von Blitz und Donner begleitet, eine mittelgroße Palme am Fenster vorbei ... waagerecht! Den Lauten nach, schien im Hotelgarten ein Jet zu starten und alles was vorher um den Pool stand, versank gerade in seinen hoch aufgepeitschten Fluten. Meine Frau, die immer fürchterliche Angst vor einer „kippeligen" Überfahrt hat, holte sich von allen möglichen Miturlaubern Tipps gegen Seekrankheit und war fast panisch, als um 18:00 Uhr tatsächlich der Bus kam, um uns abzuholen ... sie hatte wohl insgeheim gehofft, man würde unsere Heimreise aussetzen, bis wieder „schönes Wetter" war. Pünktlich mit unsrer Ankunft am Hafen schien die Sonne wieder und die See war glatt wie ein Kinderpopo.

Diese Gewitterstürme kommen oftmals sehr

plötzlich und unerwartet. Fast jeder Formentera-Fan, der sich öfter im Herbst im „kleinen Paradies" aufhielt, kennt das so oder so ähnlich:

Man liegt nachmittags fast alleine am wunderschönen Strand so etwa in der Mitte zwischen dem Quiosco Llevante und der Tanga Bar. Die Sonne verbreitet weiches Licht und man döst alle paar gelesene Buchzeilen ein wenig ein. Irgendwann fällt einem das ferne Donnern auf und man schaut fasziniert auf die sich über Ibiza immer höher auftürmende blauschwarze Wolkenburg, aus der grelle Blitz zucken. Amüsierende Erregung breitet sich im Bauch aus und in der Milde der mittlerweile goldenen Abendsonne sinkt man zurück auf die Strandmatte und denkt: Saisonende, da wird der Sündenpfuhl da drüben ab und zu kräftig abgewaschen … das muss so!

Das nächste Mal schaut man dann bewusst in die Welt, weil die Sonne weg ist … und erkennt, dass das die blauschwarze Wolke sich nun auch anschickt, Formentera zu überdecken. Nun beginnt man zu überlegen: Abhauen, den nächsten Chiringuito aufsuchen, oder das ganze am Strand aussitzen.

Da es bereits auf den Abend zuging, haben wir uns an jenem Tag fürs Abhauen entschieden. Die bedrohlichen schwarzen Wolken hatten gerade den Strand erreicht und der Rest der Insel wurde noch von der Sonne beleuchtet. So dachte ich, dass wir rechtzeitig Es Pujols erreichen könnten, bis das Unwetter endgültig angekommen sein würde. Wir packten also flink unsere Strandmatten, Bücher und Handtücher zusammen und folgten den Holzplanken durch die Dünen zu jener Stelle, wo unsere Fahrräder standen. Wir fuhren dann an den Salinen entlang Richtung Moli Del Sal. Als wir die Stelle erreicht hatten, an welcher unser Caminito in jenen mündete, der oben aus der Düne von der Tanga Bar her führte, fing es an zu tröpfeln. Wir änderten unseren Plan und erreichten die Tanga Bar rechtzeitig, bevor es zu regnen begann. Dort ließen wir uns, wie etwa zehn andere auch, auf der überdachten Terrasse nieder, bestellten Café con Leche und Cortado und folgten dann fasziniert dem Schauspiel der Natur.

Aus dem blauschwarzen Himmel hatte sich ein um einige Graustufen hellerer Wolkenrüssel bis aufs Wasser gesenkt und tänzelte nun in einiger Entfernung vom Strand anmutig die Küstenlinie entlang. Als es zu schütten begann, verschwamm die Wasserhose, der kleine Tornado, alsbald mit dem nassen Vorhang zu einer dunklen Wasserwand. Da es „draußen" nichts mehr zu sehen gab, begannen sich die Gäste nun zu unterhalten ... lautstark, um das ohrenbetäubende Prasseln des Regens auf die Überdachung übertönen zu können. Die Stimmung wurde zunehmend lustiger, nahezu gemütlich, als vom Nachbartisch eine junge Frau aufstand, um sich einen Aschenbecher von einem unbesetzten Tisch am Rande der überdachten Terrasse zu holen.

Die Bö kam plötzlich! Aus dem Nichts! Die diesen Teil der Terrasse schützende Persenning blähte sich auf wie die Rah eines Großseglers hart am Wind und peitschte knallend, als sie, kurz vor dem Zerfetzen den ächzenden Balken, an dem sie hing und dessen Stützbalken mit sich riss und die junge Frau unter sich begrub …

Wir alle sprangen auf und begannen, die Balken zur Seite zu wuchten und die Persenning irgendwie zu raffen, als zwischen den Segeltuchfetzen zwei freudig leuchtende Augen auftauchten und der Mund darunter jubilierte: „Ich liebe euch!" Die junge Frau war wie durch ein Wunder nicht von einem der Balken getroffen, sondern nur von der Persenning zugedeckt worden und so unverletzt geblieben.

Die Bedienung brachte nun, um sich für die Unannehmlichkeiten zu entschuldigen und die wunderbare Rettung zu feiern, eine Runde Hierbas und alle erzählten dann irgendwelche Geschichten über ähnliche Erlebnisse …

Es hatte fast aufgehört zu regnen. Die Sonne stand tief am östlichen Horizont und zauberte einen grellbunten Regenbogen an den dunkelgrauen, fast schwarzen Himmel. Wir glaubten, dass der Regen bald ganz aufhören würde und beschlossen, den Heimweg wieder aufzunehmen. Da sich die Tropfen eiskalt anfühlten auf unserer erhitzten Haut, hängten wir uns die Badetücher über die Schultern und fuhren auf einem kleinen Weg durch die Salinen (heute ist der geschlossen) in Richtung Hauptstraße.

Wir hatten etwa die Mitte der Salinen erreicht, als „Es" losbrach. Ich versuchte zum Himmel zu schauen, um herauszufinden, aus welcher Wolke solche Wassermassen kommen konnten … aber versucht mal nach oben zu schauen, wenn euch von dort einer einen Eimer Wasser ins Gesicht kippt!

Ich hörte meine Frau schimpfen: „Was is'n jetzt los? Das gibt's doch nicht!"

„Nicht sprechen, du ertrinkst!" wollte ich sagen … es kam aber nur unverständliches Gurgeln über meine Lippen. Da wir kaum etwas sehen konnten, schoben wir nun die Fahrräder. Die umgehängten Badelaken wurden schwer wie kleine Menschen und das Regenwasser schoss unten aus der Kleidung mit der gleichen Geschwindigkeit wieder heraus, mit der es in der Nackengegend in sie eindrang.

Wir hatten die andere Seite der Salinen erreicht und der Regen endete ebenso plötzlich wie er begonnen hatte, als jäh vor uns ein Pärchen mittleren Alters auftauchte. Auch sie sahen aus, als seien sie von einer Sturzflut angespült worden. Der Mann war gerade mit schmerzverzerrtem Gesicht von seinem Rad gestiegen und als ich den sorgenvollen Blick seiner Begleiterin sah, fragte ich, ob ich irgendwie helfen könne, ob er hingefallen sei. Er antwortete in feinstem Sächsisch: „Nä, is scho alles soweit klor ... nur den Deppen, der den Sattel diseinert hat, den sollt ma ausbeitschn!"

Erst jetzt bemerkte ich den Zustand des Sattels seines Fahrrades. Die Satteldecke war wohl durchweicht und dann irgendwie zerrissen, zerfetzt und die beiden doppelten Federstränge links und rechts in Fahrtrichtung lagen vollkommen frei. Als ich mir vorstellte, wie sich beiden Federstränge um den wahrscheinlich dazwischen gerutschten Körperteil angefühlt haben müssen ... bildete sich Schweiß auf meiner nasskalten Stirn.

Nachdem man uns versichert hatte, dass unsere Hilfe wirklich nicht benötigt würde, setzten wir unseren Nachhauseweg Richtung untergehender Sonne (die stand tatsächlich noch immer am Horizont) und Es Pujols fort.

Nach einer heißen Dusche schlenderten wir im Wohlgefühl gut durchbluteter Körper in trockener Kleidung zum Sa Palmera, um zu Abend zu essen. Und wie das Leben so spielt: Da saßen die beiden Sachsen! Auf meine Frage nach dem Befinden, antwortete die Frau schmunzelnd:

„No, is scho besser! Noch a biddl geschwolln, aber er gann scho wieder sitzn!"

Estany Pudent

Da der Abend dämmert,
dunkeln die vielfarbigen Wasser.
Dir Ruhe verstummt zur Stille
und die Vögel und Echsen
ziehen sich in ihre Logen zurück.

Nymphen und Feen
tanzen auf der nassen Bühne,
die dunkelgolden erleuchtet.
So du ihnen deine Gedanken schenkst,
werden sie dir erzählen
von den alten Legenden,
von Astarte, den Göttern
und den Schwestern, die im See versunken …

Strandabend

Nach einem reinigenden Gewitter in der Nacht, war der Tag angenehm mild und trocken auf der Haut und in unserer vollkommenen Nacktheit schien das Wohlgefühl grenzenlos.

Kurz vor Sonnenuntergang erklomm ich einen Felsen, während meine Frau am Strand verweilte. Wie immer, begann sich zuerst die See zu färben: Das satte Blau des Meeres wurde dunkel, wirkte tief, wie die Ewigkeit und die weiter entfernten Wellen warfen rotgoldene Reflexe. Das smaragdgrüne bis türkisfarbene Wasser in Strandnähe bekam zuerst einen gelblichen Ton um dann über ein blasses Rot in helles Violett zu wechseln. Der weißgelbe Strand wurde ocker, manchmal fast orange und die sonst braunen bis terrakottafarbenen Felsen schimmerten rötlich. Als die lohende Lebensspenderin hinter dem Horizont versunken war, und nur noch ein goldfarbener Streifen die Welt erhellte schwang meine Seele im Einklang mit dem Universum. Als meine Frau rief: „Lass uns gehen", wischte ich mir die winzige Träne aus dem Augenwinkel und begann meinen kleinen Abstieg vom Felsen. Ich hatte die Wellen genau beobachtet und abgezählt, dass jede siebte ein größere war, die, wenn sie sich am Felsen brach, eine strahlartige Fontäne auslöste.

Also stieg ich unmittelbar nach der letzten (Fontäne) über die drei kleinen Felsvorsprünge nach unten und brauchte dann nur noch in leicht gebückter Haltung einen weiten Ausfallschritt zu machen, um den Strand zu erreichen.

Exakt in dem Moment, als ich in Hockstellung die Beine spreizte, um einen Fuß auf den Sand zu setzen, hatte kam Welle 8 … und erzeugte wider alle Wahrscheinlichkeit eine satte Fontäne…

Wer jemals einen Einlauf aus Meerwasser bekommen hat (z. B. beim Wasserskifahren), wird nachvollziehen können, warum jeder größere Busch auf dem Nachhause weg „mir gehörte" …

Abend

Das azurne Himmelsgewölbe
scheint sich aufzulösen
und das schleierhafte Blau
spiegelt sich in weißem Glas,
in dem sich auch die letzten Strahlen
des fahlgelb gewordenen Lichts brechen.

Es riecht nach Pinien und Meer
manchmal nach Rosmarin
und erhitztem Knoblauch.

La Cena hinterlässt
lieblich herben Geschmack
von aromatischen Kräutern
und träge Zufriedenheit,
El Tinto lässt diese schweben
in sinnlichem Wohlgefühl.

Das Blau am Firmament wird intensiver,
die Schleier über dem Ozean sind gewichen.

Klarer Horizont,
Felsen gehüllt in warme Terrakottafarben
schattiert von hellem und dunklem Ocker.

Die Welt dunkelt zu violett

Die gleißende Helle der Lebensspenderin
scheint in flüssigem Gold
und dunkelroter Glut zu ertrinken.

Gebläht vom letzten Abendhauch
drängen durchscheinende Segel ihre Boote
zu geschützten Ankerplätzen.

Als der Feuerball
hinter dem nun gleichfarbigen Ozean versinkt,
erglimmt der Sternendom,
erst silbern und schwach,
dann wie goldener Staub
auf der Unendlichkeit.

Stille

Bald sanftes Rauschen vom Meer.
Auch da Du mich nicht berührst,
kann ich Dich spüren.

Die Nacht ist geboren aus Formentera,
wo mit Adam und Eva alles begann ....

Liebe

Der Himmel gnädig,
hinter weichen Wolken
Lichter leben, hie und da
Sanft rauschende Stille
Es riecht nach Seegras,
nach Meer, nach Liebe.
Mein Herz ruht in Deinem …

Spanisch Chinesisch

Wir nahmen uns in bisher fast jedem Urlaub vor, einmal alle Restaurants im Örtchen „durchzuessen". Geschafft haben wir es nie, weil man aufgrund mancher kulinarischen Erfahrung doch einige Restaurants wiederholt heimsucht.

Irgendwann hatte dort ein Chinese eröffnet. Nun muss man auf Formentera nicht wirklich chinesisch essen, weil die einheimische Küche (die ich über alles liebe) fantastisch und exotisch genug ist. Da dieses Restaurant aber allabendlich brechend voll war, musste es dort scheinbar ganz besonders gut schmecken und weil wir zu Hause auch gerne mal asiatisch essen, beschlossen wir, der Sache auf den Grund zu gehen.

Als wir uns über die Spezialität des Hauses hermachten, stellte sich ganz schnell Enttäuschung ein: Das Essen war lauwarm und schmeckte nach salzigem Haferschleim. Da wir wirklich hungrig waren, versuchten wir, die Pampe mit viel Sambal Olek auf essbar zu trimmen ... jedoch obsiegte der Ekel und wir gaben auf.

Mit einem widerlich penetranten Nachgeschmack im Mund eilten wir in unsere Stammbar, wo Pepe sofort alles stehen und liegen ließ und mit besorgtem Blick zu uns eilte: „¿Ay, ay, ay, que pasa?"

... das Entsetzen musste uns im Gesicht stehen!

Nachdem meine Frau, sich immer noch vor Ekel schüttelnd, einen Ramazotti bestellt hatte, flehte ich Pepe an: „Bring' mir das Stärkste, was Du hast ... ich weiß nicht, was ich gegessen habe, aber ich will, dass es tot ist!"

Pepe lief hinter die Bar, kam dann „Ay, ay, ay, ..." murmelnd zurück an unseren Tisch und stellte mit einem mitleidigen „Salut!" einen riesigen Ramazotti vor meine Frau und ein Wasserglas, halb voll mit einer fast neongrünen Flüssigkeit vor mich hin. Ich antwortete flüchtig „Gracias, Salut!", kippte mir den Inhalt des Glases in den Schlund und bemerkte erst dann Pepes ungläubigen Augenausdruck und die kleine Wasserkaraffe, die er noch auf den Tisch stellte...

Zuerst stockte mir der Atem. Es fühlte sich an, als sei meine Rachenmandel explodiert ... die dadurch entstandene Feuerwalze war wohl durch meine Speiseröhre bis in den Magen gerast, von dort als Flashback bis hoch in die Nasennebenhöhlen geknallt und hatte mir dabei den Kehlkopf zugeschweißt. Meine Augen mussten weit aus ihren Höhlen heraustehen und in meiner Stirnhöhle randalierte eine Pressluftfanfare ... Ich griff nach der Wasserkaraffe und schüttete den Inhalt hinterher. An Pepes immer noch ungläubigem Kopfschütteln erkannte ich, dass das wohl nicht allzu viel Linderung bringen würde, jedoch: Es war mir zumindest sporadisch stoßartiges Ein- und Ausatmen möglich. Kurz nahm ich noch die teils bewundernden, teils aber auch mitleidigen Blicke der einheimischen Barbesucher wahr, dann ertranken Pepes ungläubiges Gesicht und der besorgte Blick meiner Frau in meinen Tränen...

Ich schaffte es zwar mühsam, mit weit aufgerissenem Mund ausreichend Sauerstoff einzusaugen, hatte nun aber das Gefühl, dass sich Speiseröhre und sämtliche Eingeweide zu zersetzen begannen. Bis das Brennen im Leib nach einer Ewigkeit doch abklang und sich in angenehme Wärme verwandelte, war ich körperlich regelrecht erschöpft und ich konnte nur flüstern ... einigermaßen verständlich krächzen, war erst nach etwa 40 Minuten wieder möglich. Dann erfuhr ich auch, dass es sich bei diesem Getränk um so eine Art Absinth handelte, der irgendwo zwischen 80 und 90 Volumenprozent Alkohol hatte und normalerweise mit Wasser verdünnt wird, bevor man ihn trinkt, um Wohlbefinden im Magen wiederherstellen zu können ...

Das chinesische Restaurant existiert noch immer und ist auch stets gut besucht ... trotzdem waren wir nie wieder drin...

Nacht über der Mola

Da der Tag verborgen hinter dem Horizont
und das Leben auf der Mola schweigt,
vernimm des Universums sanftes Canto.
Zart und hell die Sternennebel,
vor dem tiefsten Bass der Ewigkeit.
Stein und Felsen resonant
wie das leise Rauschen von Wassern und Flora.
Mutter Erde schwingt in gütigem Einklang
und so du dich hingibst dem Lied des Kosmos
wird die Seele Gleichklang finden
und das Herz den Rhythmus bestimmen.
Unendlichkeit und Wiederkehr
scheinen unwiderlegbar selbstverständlich.

Liebe mich, wie ich Dich liebe
und du wirst die Ewigkeit verstehen …

Wehmut

Die alten Holzboote sind verschwunden. Fast eineinhalb Stunden dauerte mit ihnen die Überfahrt von Ibiza nach Formentera, immer begleitet von fliegenden Fischen und oft von Delfinen ... auch sie sind nicht mehr zu sehen. Die neuen Fähren sind ihnen wohl zu schnell ...

Die Insel ist gealtert ... ich auch ... damit auch die Liebe, die uns immer verband. Mit Wehmut denke ich an jeden Augenblick, den sie mich willkommen hieß. Diese tiefe Wärme, die das Herz einhüllte und der unendliche Frieden, der von der Seele Besitz ergriff ... das Leben war Freude und Liebe, von jenem Augenblick an, da mein Fuß ihren Boden berührte. Freude und Liebe, Demut und Dankbarkeit ...

Jeder Stein, Flora und Fauna schienen mich zu begrüßen und ich nahm sie auf in mein Leben, weil ich sie liebte ... die Pillendreher, die kleinen grünen Echsen, die oft furchtlos auf meinen Leib kletterten und an Körperbehaarung zupften, die kleinen Fische, die an dir knabbern, wenn du ins Wasser gehst (viele bunte Fische gab es früher rund um die Insel) ... die Flamingos in den Salinen und auch die Moskitos, die jenen ab und zu entstiegen. Ich schlug nie nach ihnen, sondern ließ sie mein Blut saugen und sie schienen sich mit einem Nicken zu bedanken, bevor sie hinweg schwirrten … und der Einstich juckte niemals!

Damals grüßte jeder jeden und die Altbekannten zeigten Freude über deinen Besuch. Ob es der alte Mathias war, der in seinem wackelig bestuhlten Hinterhof den wenigen Gästen herrliche Gerichte zubereitete. Er zog den linken Mundwinkel nach oben und hob kurz den kleinen Finger der grillzangebewährten rechten Hand, um dich zu begrüßen, und kam später mit einem Anis, um auf deine Rückkehr anzustoßen. Oder Eigentümer und Personal des Hostals, in dem wir immer wohnten; sie nahmen uns in die Arme und herzten uns, als seien lange vermisste Familienmitglieder heimgekehrt. Mit Urlaubern aus vielen verschiedenen Ländern, die man jedes Jahr wieder traf, tauschte man oft Freudentränen.

Manche dieser wundervollen Menschen leben nun nicht mehr oder können aus gesundheitlichen Gründen ihr kleines Paradies nicht mehr besuchen. Viele einheimische Freunde sind aufs Festland gezogen, weil es ihnen zu laut geworden ist … ich fühle mich oft, als ob ich zurückkomme, in ein von der Familie verlassenes Zuhause …

Es ist „der Atem" der Insel, ihre seelenschmeichelnde Schönheit und es sind die wundervollen Erinnerungen, die mich doch immer wieder zurückkommen lassen, im Frühjahr und im Herbst. Aber ich weine nicht mehr so viele Tränen wie früher, wenn ich das Eiland wieder verlassen muss ... die Liebe ist eben gealtert, es hat sich zu viel verändert...

Der Mai geht zu Ende und es wird Zeit, zu gehen. Seit ein paar Tagen spucken die Fähren halbstündlich Unmengen an Party People aus, die sich dann, oft laut gestikulierend oder dauertelefonierend, wie Heuschrecken über die das kleine Eiland verteilen. Formentera beginnt zu kochen. Sehen und gesehen werden ist jetzt die Devise. Für sie ist hier ein sonniges Stück Strand, auf dem alles erlaubt ist! Die "Insel ohne Gesetze" - damit wirbt man in ihrer Heimat für das kleine Formentera ... leider!

Sie wissen nicht um den Zauber des "kleinen Paradieses", um seine mystische Schönheit. Sie können den Schmerz der Insel nicht spüren...

Ich kann das Eiland kaum noch fühlen. Die mystische Stille weicht und Formentera wird sich in wenigen Tagen in eine lärmende Müllhalde verwandelt haben. Strandnahe Teile einiger Dünen werden trotz der Absperrungen als Abtritt dienen und die feinen Strände im Norden mit Slipeinlagen, weggeworfenen oder verlorenen schmutzigen Kleidungsstücken, leeren Flaschen, Dosen, gebrauchten Kondomen und dem Abfall der unvermeidlichen Jachtengeschwader verschmutzt sein. Die Straßen und Caminos füllen sich mit Motorrollern und die Luft über der Insel riecht nach Abgasen. Die Strände im Süden werden von dumm schwätzenden Pseudo-Insidern, Möchtegern-Intellektuellen und Feierwütigen bevölkert, der einst legendäre "Bus" ist mittlerweile eh' zur stillosen „Strandbar" verkommen, dessen Schluckbudenflair mir nun das letzte bisschen Inselmystik aus der Seele quetscht ...

... trotzdem werde ich wiederkommen ... im Oktober, spätestens im nächsten Mai ... wie immer, seit ich lange Haare und Stirnband trug ...

Hasta mas tarde,
te quiero, mi paraiso pequeño

Formentera

Über den Autor

Foto: Hartmut Schneider
(http://hartmutschneider.de/)

Peter Jentsch wurde 1950 in Wien geboren und lebt seit 1977 in Köln. Der ehemalige Berufssoldat ist verheiratet, hat einen Sohn und widmet sich seit seiner Pensionierung einer Vielzahl kreativer Hobbys, insbesondere dem Malen und dem Schreiben. Jentsch ist als Autor und Maler stets an verschiedenen Projekten beteiligt und präsentiert seine Werke in Ausstellungen, Lesungen und auf diversen Internet-Plattformen.

Seine Webseite:
http://www.pjart.de/

Weitere Bücher von Peter Jentsch ...

Das ultimative Gutelaunebuch

Balsam für Herz, Seele und Zwerchfell

ISBN 978-3-7386-3132-6

Das ultimative Gute-Laune-Buch

Spannend lustige Reiseberichte und Alltagsgeschichten und herzerwärmende, seelenschmeichelnde Lyrik zaubern in jedes Gesicht ein Lächeln, das lange anhält … wenn es nicht durch ein Lachen unterbrochen wird …

Balsam für Herz, Seele und Zwerchfell - ein Buch, das man nicht nur einmal liest …

PurpurHerz

Gemalte Worte und geschriebene Bilder
(Julia Marquardt & Peter Jentsch)

ISBN 978-3-8482-2496-8

Ich wäre gern poetisch
so lieh ich mir einen Umhang des Dichters.
Lauter Ungereimtheiten hinderten
mich jedoch am Schreiben.
Auch meine erdachten Weisheiten
ließen sich nicht auf die Reihe bringen.
In der geborgten Kleidung
konnte ich keinen einzigen Vers
aus dem Ärmel schütteln.
So zog ich mein eigenes Hemd wieder an...

(Julia Marquardt)